Vier Sterne

**In deutscher Übersetzung liegen folgende
Theaterstücke von Jean-Pierre Martinez vor:**

Die Touristen
Vier Sterne
Freitag, der 13.
Strip Poker

JEAN-PIERRE MARTINEZ

Vier Sterne

Übersetzung: Hans-Joachim Bopst

La Comédiathèque
comediatheque.net

Personen

Edouard

Kimberley

Natacha

Igor

© La Comédiathèque
ISBN 978-2-37705-419-0

ERSTER AKT

Leitzentrale eines Raumschiffs. Bei so einer Komödie sollte man auf einen kitschigen Futurismus Marke Science-Fiction-Filme nicht verzichten. Die Bühnenrückwand kann mit einer bemalten Leinwand abgehängt sein, sie zeigt den Sternenhimmel, wie er von der Aussichtsplattform zu sehen ist. An einer der Seitenwände hängt ein telefonförmiges Funkgerät mit rot blinkendem Lämpchen, an der anderen ein Glaskasten mit einer kleinen roten Feueraxt, wie in Zügen üblich (mit der Aufschrift „Nur im Notfall zu benutzen"). Nach vorne hat man sich eine weitere Glasfront vorzustellen, von der aus sich den Raumfahrern je nach Drehung des Raumschiffs eine unverstellte Sicht auf Erde, Mond und Sterne bietet. Rechts führt eine Tür zur Pilotenkanzel und zum Labor, links geht es zu den Unterkünften. Eduard steht den Zuschauern zugewandt und bestaunt die Szene.

EDOUARD: Einfach unglaublich, schauen Sie nur, Kimberley! Da unten ist Frankreich!

> *Kimberley scheint gerade nach etwas zu suchen und wirft nur einen zerstreuten Blick in seine Richtung.*

KIMBERLEY: Ja, ja, ganz klein…

EDOUARD: Von hier erkennt man gut die Küste der Bretagne, die Gironde-Mündung und das Bassin d'Arcachon… wo übrigens meine Jacht liegt, die müsste man eigentlich auch sehen…

KIMBERLEY: Mit Google Earth sehen Sie sie bestimmt. Wenn ich mein Handy finde…

EDOUARD: Ist schon verrückt… Jeder weiß, dass die Weltkarten von heute absolut wirklichkeitsgetreu sind, anders als die mittelalterlichen Karten, auf denen Amerika noch gar nicht verzeichnet war… Und jetzt haben wir den sichtbaren Beweis!

KIMBERLEY: Erzählen Sie mir bloß nicht, dass Sie ein Heidengeld für diesen Flug hingelegt haben, nur um nachzuprüfen, ob es Amerika wirklich gibt?

EDOUARD: Aber schauen Sie nur, man kann sogar Korsika sehen! *(Er geht zur Aussichtsplattform)* Ach, nee… Das ist nur Fliegendreck… *(Er tritt zurück und nimmt seine Beobachtung wieder auf)* Da, der Stiefel, das ist Italien…

KIMBERLEY *(wirft jetzt einen kurzen Blick in die Richtung)*: Ist schon komisch, von hier sieht man keine einzige Grenze…

EDOUARD: Haben Sie etwa gedacht, dass man die Grenzen gestrichelt eingezeichnet sieht, wie auf einer Michelin-Karte? Aber stimmt schon, früher hat man ja sogar die Berliner Mauer aus dem All erkennen können.

KIMBERLEY: Schon schade, dass die weg ist.

EDOUARD: Die Chinesische Mauer, die bleibt, die kann man ja auch nur schwer kaputt machen…

KIMBERLEY: Mhm…

EDOUARD: Und Sie? Wie sind Sie zu dieser Reise gekommen?

KIMBERLEY: Das war der erste Preis bei einem Ratespiel auf Kanal TF1.

EDOUARD: Und den haben *Sie* gewonnen? Chapeau!

KIMBERLEY: Man musste den Namen von der Kandidatin wissen, die am Abend zuvor bei einer Reality-Show rausgefallen war.

EDOUARD: Mich hat dieser nette Ausflug ins All die Kleinigkeit von einer Million Dollar gekostet…

KIMBERLEY: Ja, aber dann gab's noch einen Losent-scheid…, weil über eine Million richtige Einsendungen eingegangen waren. Ehrlich gesagt wär mir ja der zweite Preis lieber gewesen.

EDOUARD: Nämlich?

KIMBERLEY: Ein Twingo.

EDOUARD: Auch nicht schlecht.

KIMBERLEY: Nigelnagelneu! Mit allem Drum und Dran: elektrische Fensterheber, Autoradio, Klimaanlage… Ist ganz schön warm hier drin, nicht?

Edouard wendet sich wieder der Aussicht durch die Panoramascheibe zu.

EDOUARD: Ist wirklich *un-glaub-lich*, hier braucht man keinen Wetterbericht mehr. Ich kann Ihnen auf einen Blick sagen, dass Nicaragua in der nächsten Stunde einen satten Wirbelsturm abbekommt, der alles zu Kleinholz macht. Das ist schon toll…

Kimberley sucht noch immer überall, außer am Panoramafenster.

KIMBERLEY: Ich hab's vorhin noch in der Hand gehabt, es kann doch nicht einfach weggeflogen sein…

Sie stößt mit Igor, dem Chefpiloten, zusammen, der in diesem Moment von der Pilotenkanzel hereinkommt.

KIMBERLEY *(kokett)*: Ah, Igor!

IGOR: Haben Sie was verloren, Kimberley?

KIMBERLEY: Ja, mein iPhone.

IGOR *(hält ihr ihr iPhone hin)*: Ich hab's in der Toilette gefunden, hat an der Decke geschwebt. In *dem* Teil vom Raumschiff haben wir Probleme mit der künstlichen Schwerkraft. Ich werd versuchen, das in Ordnung zu bringen…

KIMBERLEY: Danke, das ist nett von Ihnen, Herr Kommandant.

IGOR: Leider schweben da noch ganz andere UFOs… Was wollen Sie denn mit dem Handy anfangen?

KIMBERLEY: Naja, mal anrufen!

IGOR: Hm… Ich glaub, das wird nicht gehen, Kimberley.

KIMBERLEY: Im Flugzeug muss man sein Handy doch nur beim Start ausschalten, oder?

IGOR: Ja, aber *hier* sind wir in einer Raumfähre. Sie können Ihr Handy anlassen. Aber es würde mich wundern, wenn Sie in 180 km Höhe ein Netz bekommen. Und wenn doch, dann geben Sie mir bitte gleich den Namen von Ihrem Anbieter.

KIMBERLEY: Das kann doch nicht wahr sein, dass wir nicht telefonieren können, den ganzen… Das ist ja schlimmer als im Theater!

IGOR: Ich bin untröstlich…

KIMBERLEY: Sagen Sie mir jetzt bloß nicht, dass wir ganz abgeschnitten sind vom Rest der Welt!

IGOR: Nicht unbedingt abgeschnitten… Sagen wir mal so: sollte Ihr iPhone im Weltraum tatsächlich klingeln, dann wär das am anderen Ende der Leitung kein Erdbewohner…

In diesem Augenblick klingelt das Handy von Kimberley. Sie nimmt ab, ungläubig.

KIMBERLEY: Hallo? *(Wieder gefasster)* Das ist nur die Weckfunktion, ich hab vergessen, die Uhr umzustellen.

IGOR: In der Umlaufbahn kommt man zugegebenermaßen mit den Tageszeiten ganz schön durcheinander.

KIMBERLEY: Aber was, wenn wir zum Beispiel einen Notfall haben? Kann man dann nicht einmal mehr das Rote Kreuz anrufen?

Igor zeigt zum Sprechfunk an der Wand.

IGOR: Im Notfall sind wir per Funk mit der Erde verbunden. Aber wenn Sie Ihren Friseurtermin verschieben wollen, werden Sie noch bis zu unserer Rückkehr warten müssen, fürchte ich…

Kimberley gibt einen Seufzer von sich.

KIMBERLEY: Ich hab überhaupt nichts zum Anziehen heute Abend – was soll ich bloß machen?

IGOR: Ich persönlich hab schon was zum Anziehen. Aber *Sie* können das natürlich ganz frei entscheiden…

KIMBERLEY *(schnurrt wieder)*: Aber, Herr Kommandant…

Natacha tritt auf und kreuzt gerade noch Kimberley beim Rausgehen.

NATACHA *(kühl-distanziert)*: Hallo, Kimberley. Alles nach Wunsch?

KIMBERLEY *(imitiert E.T.)*: E.T. nach Hause telefonieren…

Kimberley geht ab.

EDOUARD: Da, von hier kann man den Mond sehen!

Igor schaut Kimberley hinterher, vor allem auf ihren verlängerten Rücken, was Natacha genau mitbekommt.

Natacha: Von hier auch… *(Zu Igor)* Was wollte'n die Dauergewellte?

Igor: Die Adresse von *Ihrem* Friseur. Aber keine Sorge, von mir erfährt sie die nicht, nur über meine Leiche…

Natacha kommt nicht mehr dazu zu antworten.

Edouard: Na, Igor, heute Kapitänsgala? Was steht denn so auf dem Speiseplan? Ist ja immerhin Silvester, kaum zu glauben! Sie werden uns doch nicht schon wieder Ihre dehydrierten Fertiggerichte in lauwarmer Tunke vorsetzen?

Igor: Keine Angst, Edouard, es ist alles für einen Jahreswechsel vorgesehen, der sich sehen lassen kann. Der Küchenchef schlägt Gänsebraten mit dehydrierten Maronen vor, dazu unseren besten russischen Champagner… lauwarm.

Edouard *(seufzt)*: Wenn ich denke, was ich für meine 4-Sterne-Fahrkarte hingelegt habe – dafür hätten Sie schon französischen Kaviar auffahren können!

Igor: Warum haben Sie nicht ein paar von Ihren legendären Würsten mitgebracht, Edouard?

Edouard: Sie werden's nicht glauben, ich hatte einen Wurst-Koffer dabei. Aber dann hieß es, ich hätte Übergepäck … und ich musste entweder die Würste oder meinen DVD-Player und die komplette Simpsons-Serie zurücklassen.

Natacha: Und als Mann von Welt…

Edouard: Schon gut. In der Zwischenzeit gehe ich mal wieder in die Schwerelosigkeitskammer, kann gar nicht genug davon kriegen, vielleicht bekomme ich da mehr Appetit.

Igor: Das leuchtet ein. *(Zu Natascha gewandt)* Ist auch der einzige Ort, an dem er nicht wie ein Trampel daherkommt…

EDOUARD *(Edouard geht ab, trällert dabei die Erkennungsmelodie aus dem Film ‚Die Simpsons‘)*: „Spider-Schwein, Spider-Schwein, macht, was immer ein Spider-Schwein macht…!“ Und, Natacha? Was macht die Forschung?

NATACHA: Der liebe Gott hat die Erde nicht an einem Tag erschaffen… Geben Sie mir den Rest der Woche Zeit und ich finde raus, wie er's angestellt hat.

EDOUARD: An was arbeiten Sie gleich nochmal?

NATACHA: Am Urknall.

EDOUARD *(skeptisch)* Wenn es nobelpreisverdächtig wird – lassen Sie's mich auf jeden Fall wissen. *(Trällert weiter)* „Spider-Schwein, Spider-Schwein, macht, was immer ein Spider-Schwein macht...“

IGOR: Er hat sich mit Wurstwaren eine goldene Nase verdient.

NATACHA: Er ist aber gut drauf.

IGOR: Vor allem auf der Waage.

NATACHA: Er ist eine Milliarde Dollar schwer. Und ohne diese Neureichen, die astronomische Summen zahlen, um die Erde von oben zu sehen, könnte ich nicht mehr weiterforschen…

IGOR: Schon komisch, dass das Geheimnis der Schöpfung vielleicht dank Sponsoring eines Wurstfabrikanten aufgeklärt wird…

NATACHA: Und Sie? Ohne die Finanzierung durch das Fernsehen würden Sie doch keine Raumfähren fliegen, sondern nur Chartermaschinen auf die Balearen … Was soll denn diesmal draus werden?

IGOR: Bei RTL denken sie über ein neues Format für eine Reality-Show nach. Eine Art *Big Brother* mit Schwerelosigkeit… Oder so etwas wie Dschungelcamp, aber auf dem Mond.

NATACHA: Ach, deswegen haben wir Kimberley an Bord?

IGOR: Sie wollen herausfinden, wie das menschliche Gehirn bei einem IQ unter 60 mit der Schwerelosigkeit zurechtkommt. Und das natürlich, bevor sie zukünftige Kandidaten ins Rennen schicken …

NATACHA: Das hätten sie auch gleich an einer echten Gans ausprobieren können.

IGOR: Und die hätten wir uns jetzt an Silvester einverleibt.

NATACHA: *Sie* können das ja noch.

IGOR: Sie ist nicht so ganz mein Typ…

NATACHA: So wie Sie hinter ihr her gegafft haben, könnte man dran zweifeln…

IGOR *(ironisch)*: Eifersüchtig…?

NATACHA: Sie glauben doch nicht etwa, dass *Sie* mein Typ sind?

IGOR: Zumindest jetzt an Silvester hab ich keinen Konkurrenten. Außer wenn Herr Spiderschwein *Ihr* Typ ist…

NATACHA *(lächelt)*: Sind wir jetzt etwa schon in der ersten Folge vom Luna-Dschungelcamp?

Igor will gerade antworten, da fängt die rote Kontroll-Lampe der Bordsprechanlage an zu blinken.

IGOR: ‚Tschuldigen Sie n Moment… *(Er nimmt den Hörer ab)* Kommandant Spock… *(Natacha will gerade raus-gehen, da bemerkt sie den besorgten Gesichtsausdruck von Igor und bleibt stehen)* Ja… Ja… Ok. Nein, nein… Halten Sie mich auf dem Laufenden.

Igor hängt auf.

NATACHA: Gibt's ein Problem?

IGOR: Das Kontrollzentrum hat gerade ein Leck in der Sauerstoffversorgung entdeckt…

NATACHA: Schlimm?

IGOR: Können die noch nicht sagen. Sie rufen durch, sobald sie mehr wissen… Bis dahin müssen wir das Notaggregat in Betrieb nehmen…

Kimberley kommt wieder. Sie trägt ein sehr durchscheinendes Abendkleid.

KIMBERLEY: Meinen Sie, das wäre etwas für heute Abend?

Igor hat andere Sorgen und beachtet sie kaum.

IGOR *(zu Kimberley)*: Kleinen Moment, ich muss gerade was regeln… *(Zu Natacha gewandt)* Kein Grund, die beiden Touristen jetzt damit zu beunruhigen…

Igor geht ab. Kimberley ist offensichtlich enttäuscht.

KIMBERLEY: Er hat mich nicht mal angeschaut… Gerade so, als wäre ich durchsichtig… Finden *Sie* mich durchsichtig?

NATACHA: Ihr Kleid schon…

KIMBERLEY: Vielleicht ein wenig…?

NATACHA: Mehr als das, aber… Weihnachten und Silvester ist nur einmal im Jahr! Und es ist die einzige Woche im Jahr, wo eine Frau sich nacheinander als Tannenbaum und als Schlampe anziehen kann. Das muss sie doch ausnutzen.

KIMBERLEY: Sie finden's nicht so umwerfend…

NATACHA: Das hab ich nicht gesagt.

Edouard kommt wieder, trällert.

EDOUARD: „Spider-Schwein, Spider-Schwein, macht, was immer ein Spider-Schwein macht…" Wow, das ist einfach der Wahnsinn! Aber lieber, *bevor* ich mir die Gans genehmige.

Kimberley wendet sich ihm zu.

KIMBERLEY: Gefällt Ihnen das, was Sie sehen, Edouard?

EDOUARD: Ich hab nicht *Sie* gemeint. Das hätte ich mir nie erlaubt.

KIMBERLEY: Mein Kleid!

EDOUARD: Ja, es ist… Wie wär's, wenn Sie mal mit mir unter die Decke gehen? Zu zweit macht das bestimmt noch mehr Spaß…

Igor kommt wieder, was Kimberley eine Antwort erspart. Natacha merkt, dass er noch etwas besorgter aussieht.

NATACHA: Alles Roger, Käptn Spock?

KIMBERLEY *(zu Edouard)*: Ich dachte, er ist Kommandant und heißt Igor…

IGOR: Alles Roger. Ich habe das Notaggregat eingeschaltet…

EDOUARD: Das *Notaggregat…?*

IGOR *(beschwichtigt)* Wir haben ein kleines technisches Problem, aber das bekommen wir gleich wieder hin … Keine Sorge, wir werden ein atemberaubendes Silvester feiern, wie vorgesehen.

EDOUARD: Dann ist ja alles gut… Ach übrigens, Kommandant, wo wir doch fast genauso schnell wie die Sonne um die Erde kreisen… ähm… Sie wissen schon, was ich meine… Wann genau können wir davon ausgehen, dass es Mitternacht ist?

IGOR *(zweideutig)*: Sie können mir glauben, Edouard, bis dahin wird es die längste Silvesternacht Ihres Lebens…

EDOUARD: Ist schon der Wahnsinn, diese Reise… So was macht man nur einmal in seinem Leben.

NATACHA: Sie wissen gar nicht, wie richtig Sie da liegen.

EDOUARD: Stimmt, es ist ganz schön heiß hier, finden Sie nicht? *(Zu Kimberley)* Sie hatten recht, Sie hätten den Twingo nehmen sollen, der hat wenigstens eine Klimaanlage…

> *Es blinkt wieder an der Bordsprechanlage. Igor tauscht einen Blick mit Natacha und nimmt den Hörer ab, während sie versucht, die anderen abzulenken, indem sie in Richtung Glasfront / Zuschauerraum zeigt.*

NATACHA: Schauen Sie nur, wir fliegen gerade über China!

IGOR *(spricht in den Hörer)* Ja…?

NATACHA: Man kann sogar die Große Mauer sehen!

EDOUARD: Wo denn?

KIMBERLEY: Ich sehe nichts…

NATACHA: Doch, doch, da!

EDOUARD: Ah ja, das könnte sie sein…

IGOR *(spricht in den Hörer)*: Nicht…?

EDOUARD: Ah ja, da, ich kann sie sehen!

KIMBERLEY: Ich kann noch immer nichts erkennen. Allmählich frage ich mich, wozu ich überhaupt hierher gekommen bin.

IGOR *(spricht in den Hörer)*: Verstanden…

Igor hängt auf und wechselt einen besorgten Blick mit Natacha.

EDOUARD: Das ist der schönste Tag in meinem Leben!

NATACHA: Ja… Und vielleicht auch der letzte!

IGOR *(zu Kimberley)*: Na, Kimberley, ich möchte sie daran erinnern, dass Sie heute noch keine Gymnastik in der Schwerelosigkeitskammer gemacht haben. Sie wissen doch, das gehört zu unserem täglichen Programm

KIMBERLEY *(mit einem Seufzer)*: Mir wird immer ganz übel davon, wenn ich wie eine Fliege kopfüber an der Decke krabbeln soll! Wozu soll das gut sein?

EDOUARD: Ich komme mit. Sie werden sehen, das macht wirklich Spaß! *(Er geht mit Kimberley ab und trällert wieder)* „Spider-Schwein, Spider-Schwein, sie macht, was sie immer macht…"

Igor und Natacha bleiben allein zurück.

NATACHA: Und?

IGOR: Es ist etwas unerfreulicher als erwartet...

NATACHA: Jetzt rücken Sie schon raus mit der Wahrheit, Kommandant. Ich brauche Sie wohl nicht daran zu erinnern, dass ich als Co-Pilotin in dieser Raumfähre eingesetzt bin.

IGOR: Das Hauptbelüftungssystem ist definitiv ausgefallen. Wir müssen mit der Notversorgung auskommen.

NATACHA: Wie viele Stunden Funktionsfähigkeit?

IGOR: Vier Stunden.

Natacha: Genug für die Rückkehr zur Erde – wenn wir gleich starten. Aber nicht genug für die Silvester-Party. Die beiden Touristen werden enttäuscht sein, naja, aber das ist das Geringste. Edouard bekommt sein Geld zurück und Kimberley ihren Twingo.

Igor: Ganz so einfach ist es leider nicht...

Natacha: Das habe ich fast geahnt. Sonst würden Sie nicht diesen Cocker-Blick aufsetzen. Welche Mängel gibt's noch in diesem Schrotthaufen? Und erzählen Sie mir bloß nichts von diesen UFOs, die in der Toilette schweben – ich bin schon auf dem Laufenden...

Igor: Die Notbelüftung ist nur für drei Personen vorgesehen...

Natacha *(fassungslos)*: Soll das ein Witz sein?

Igor: Warum würde ich diesen Cocker-Blick aufsetzen, wenn's einer wäre?

Natacha: Aber... wieso?

Igor: Sie haben's ja selber gesagt, diese Raumfähre ist ein Schrotthaufen. Das Antriebssystem stammt von dem Shuttle, den die Amerikaner vor nicht langer Zeit ausgesondert haben, die Kommandokapsel von der Internationalen Raumstation, die die Europäer gerade aufgegeben haben... und das Notsystem, in dem wir hier stecken, haben sie aus einer alten russischen Sojus-Kapsel zusammengebastelt...

Natacha *(fix und fertig)*: Für 3 Personen ausgelegt... Aber wie konnten sie uns dann zu viert starten lassen?

Igor: Spider Schwein hat eine Million Dollar für sein Ticket bezahlt. Und ohne ihn wäre der Start aus Geldmangel abgeblasen worden. Und *Sie* hätten Ihre Experimente nicht durchführen können.

Natacha: Und Sie haben das alles gewusst!

Igor: Wie gesagt: es war die einzige Chance zu diesem Start. Und hätten *Sie* auf diese einmalige Gelegenheit verzichtet, ihre Urknall-Theorien zu beweisen, wenn Sie es gewusst hätten?

Natacha: Nein.

IGOR: Nein. Weil Ihnen das im günstigen Fall wahrscheinlich den Nobelpreis einbringt. Wozu wäre dann diese kleine Information gut gewesen?

NATACHA: Ja, schon, aber unsere beiden Hochbegabten sind kaum nobelpreisverdächtig. Die hatten das Recht, es zu erfahren.

IGOR: *Die* – die wären doch gar nicht mitgekommen, wenn sie's gewusst hätten…

NATACHA: Spider Schwein hätte stattdessen bestimmt den *Club Med* von Bora Bora gebucht…

IGOR: Und die Lady hätte den Twingo mit Klimaanlage gewählt…

NATACHA: Toll! Und was hat die werte Reiseleitung am Boden zu bieten?

IGOR: Nichts… Wie es aussieht, sind wir für uns selbst verantwortlich. Aber die Rechnung ist einfach: wir haben für vier Stunden Sauerstoff, aber nur für drei Leute. Entweder sind wir bis zur Landung alle erstickt. Oder einer von uns muss eine Stunde lang die Luft anhalten…

NATACHA: Und wie soll das gehen?

IGOR: Zum Beispiel mit einer Kapsel Zyankali.

NATACHA: Wie bitte??

IGOR: Wir haben auch die Erste-Hilfe-Ausstattung der Sojus-Kapsel übernommen. Das war der Plan B für den Notfall.

NATACHA: Na, super… Dann müssen wir nur noch den Freiwilligen finden, der Philosoph genug ist, den Schierlingsbecher zu leeren.

IGOR: Ich hab da so eine Idee, aber die wird Ihnen nicht gefallen…

NATACHA: Und die wäre?

IGOR: Ein wenig Zyankali als Beilage zur gefriergetrockneten Gans, das wird sie nicht merken.

NATACHA: Sie?

IGOR: Die Gans.

NATACHA: Das ist nicht Ihr Ernst, oder?

IGOR: Oder lieber Spider Schwein?

NATACHA: Das läuft auf Mord hinaus, Kommandant! Egal, wie wir unser Gewissen beruhigen, können Sie nicht abstreiten, dass es gesetzeswidrig ist.

IGOR: Aber vier Leute in einen fliegenden Schrotthaufen mit nur drei Fallschirmen steigen zu lassen – das ist legal…

NATACHA: Klar, wir wollen unsere Haut retten. Aber nicht, wenn wir dafür ins Gefängnis gehen… oder das bis an unser Lebensende auf dem Gewissen haben.

IGOR: Na schön, was schlagen Sie vor?

Edouard und Kimberley kommen sichtlich gut gelaunt zurück. Sie trällern das Lied von Peter Schilling ,Major Tom / Völlig losgelöst'

KIMBERLEY: „Die Erdanziehungskraft ist überwunden / Alles läuft perfekt, schon seit Stunden."

EDOUARD: „Im Kontrollzentrum, da wird man panisch / Der Kurs der Kapsel, der stimmt ja gar nicht."

KIMBERLEY: „Völlig losgelöst / Von der Erde / Schwebt das Raumschiff / Völlig schwerelos."

EDOUARD: Na, Kommandant? Zeit für einen Aperitif, nicht? Mir knurrt der Magen!

KIMBERLEY: Ich hab auch schon einen Bärenhunger.

NATACHA *(zu Igor)*: Auf jeden Fall werden wir ihnen nicht länger die Wahrheit verschweigen können… ohne sie natürlich unnötig in Panik zu versetzen…

IGOR: Diesen beiden schrägen Vögeln eröffnen, dass sie oder er ein Übergepäck ist, ohne sie unnötig in Panik zu versetzen, wie Sie so schön sagen – ich bin mal gespannt, wie Sie das anstellen…

NATACHA *(verlegen)*: Ich kann's ja immerhin versuchen…

IGOR: Wenn Sie das hinkriegen, haben Sie sich auch den Nobelpreis für Psychologie verdient…

Licht aus.

ZWEITER AKT

Von der noch dunklen Bühne ertönt ein schriller Schrei, ein Glas geht zu Bruch. Das Licht geht an. Natacha und Igor machen sich an der bewusstlosen jungen Frau zu schaffen, um sie wachzubekommen. Edouard steht daneben, die Augen weit geöffnet. Er umklammert die kleine Feueraxt aus dem Glaskasten, den er eben eingeschlagen hat.

IGOR *(zu Natacha)*: Ich glaube, Sie geben sich besser mit dem *Physik*-Nobelpreis zufrieden…

EDOUARD *(schwingt die Feueraxt bedrohlich)*: Ich weiß nicht, was mich davon zurückhält, Ihnen beiden den Schädel zu spalten!

IGOR: Vielleicht der Umstand, dass nur wir beide dieses Raumschiff zur Erde zurückbringen können…

EDOUARD: Ich könnte ja nur *einen* von Ihnen ausschalten… *Sie* zum Beispiel…

IGOR: Wären Sie dazu überhaupt fähig?

EDOUARD: Ich hab's als Chef in einem Schlachthof weit gebracht…

IGOR: Ich bin kein Kalb. Aber versuchen Sie's nur! Ich kann mich ja immer auf Notwehr berufen…

NATACHA: Glauben Sie wirklich, dass das jetzt der richtige Moment ist?

EDOUARD: Wann soll denn der richtige Moment sein? Wenn wir alle am Ersticken sind?

IGOR: Ihr *Anfall* verbraucht Luft. Ich schlage vor, Sie hören auf zu atmen. Das würde auch gleich unser Problem lösen.

NATACHA: Ah, sie kommt wieder zu sich.

IGOR: Schade. Das hätte unser Problem *auch* gelöst…

KIMBERLEY: Sagen Sie mir, dass das nur ein Albtraum ist… Und dass ich den Twingo gewonnen habe…

NATACHA: Leider nicht, Kimberley. Sie haben wirklich das große Los gezogen

EDOUARD: Sie sind nicht in einem voll klimatisierten Twingo, sondern in einem fliegenden Sarg mit rationiertem Sauerstoff.

KIMBERLEY: Dann stimmt es, dass wir alle sterben werden?

NATACHA: Nicht alle, das garantiere ich Ihnen.

IGOR: *Sie* haben sich wenigstens Ihren Optimismus bewahrt...

KIMBERLEY: Also gibt's doch noch eine Lösung?

EDOUARD: Ja. *(ironisch)* Die Kapsel...

KIMBERLEY: Haben wir eine Rettungskapsel? Dann sind wir ja doch gerettet!

EDOUARD: Die Kapsel mit dem Zyankali! Haben Sie's noch immer nicht begriffen? Einer von uns ist zu viel an Bord. Und uns bleibt eine knappe Stunde, um zu entscheiden, wer.

KIMBERLEY: Oh, mein Gott, ich hab's geahnt, dass ich besser auf der Erde geblieben wäre. Ich hätte auf meine Mutter hören sollen: eine Frau von Welt gehört nicht ins All. Das ist bestimmt eine Strafe des Himmels. Denken Sie nur an den Fall des Ikarus.

EDOUARD: Wer ist jetzt das schon wieder?

KIMBERLEY: Eine Figur aus der griechischen Mythologie! Er bildet sich ein, dass er wie ein Vogel zum Himmel fliegen kann. Zur Strafe lassen die Götter seine Flügel in der Sonne schmelzen...

IGOR *(zu Natacha)*: Sagen Sie denen, dass Gott tot ist. Sie arbeiten doch an der Urknall-Theorie. Gerade *Sie* sollten wissen, dass die Erde nicht von diesem alten Mann mit Bart erschaffen worden ist...

NATACHA: Bleibt nur herauszufinden, wer die Lunte für den Urknall angesteckt hat...

IGOR: Gut, wir haben leider keine Zeit zum Philosophieren. Also, was machen wir jetzt? Streichhölzer ziehen?

EDOUARD: Auf gar keinen Fall, das wäre zu einfach!

IGOR: Sie könnten damit anfangen, dass Sie die Axt weg-
legen.

Widerwillig legt Edouard die Axt beiseite.

EDOUARD: *Sie* sind doch der Pilot, oder? *Sie* haben uns in
diese Scheiße reingeritten. Sie waren der Einzige, der
Bescheid wusste – und haben uns nichts gesagt! Jetzt
müssen *Sie* auch die Verantwortung übernehmen! Auf
Schiffen geht der Kapitän mit seinem Kahn unter.
Nachdem er alle Passagiere in Rettungsbooten unter-
gebracht hat!

IGOR: Mensch, Spider Schwein, komm wieder runter auf
den Boden der Vernunft!

EDOUARD: Würde ich ja gern, glauben Sie mir. Und ich
verbitte mir, dass Sie mich duzen.

IGOR: He Kumpel, wir sind nicht im Kino!

KIMBERLEY: Aber schon wie auf der Titanic…

IGOR: Ich bin nur Untergebener. Ich habe nur Anweisungen ausgeführt.

EDOUARD: Das haben die SS-Leute in den KZs auch
gesagt.

*Die beiden Männer sind kurz davor, aufeinander
loszugehen. Natacha greift ein.*

NATACHA: Leute, das bringt doch nichts, jetzt die Nerven
zu verlieren. Außer, dass wir unseren bisschen
verbleibenden Sauerstoff vergeuden… Aber Igor hat
Recht. Es wäre ungerecht, einen Schuldigen zu suchen.
Und selbst wenn wir einen ausmachen könnten – ich
brauche Sie nicht daran zu erinnern, dass die Todesstrafe
in den meisten Demokratien abgeschafft ist.

EDOUARD *(zeigt in Richtung Glasfront / Zuschauerraum)*:
Dann brauchen wir ja nur zu warten, bis wir China oder
die USA überfliegen.

NATACHA: Die wahren Schuldigen sind da unten, das steht
fest. Und als wir uns auf diese Reise gemacht haben,
haben wir alle gewusst, dass es gefährlicher wird als eine
Woche im Club-Hotel in Tunesien.

KIMBERLEY: Ich war letztes Jahr in Djerba, da habe ich mir Montezumas Rache eingefangen…

Die drei anderen sehen sie etwas verständnislos an.

EDOUARD: Ok, wir vergessen mal das Volksgericht. Also, wie machen wir das jetzt? *(Totenstille)* Wir könnten versuchen, den oder die auszumachen, die für die Menschheit der geringste Verlust wäre.

IGOR *(ironisch)*: Irgendetwas sagt mir, dass Sie sich aus bestimmten Gründen für unersetzlich halten.

EDOUARD: Ich stehe an der Spitze eines Unternehmens, das mehr als 200.000 Mitarbeiter weltweit beschäftigt.

IGOR: Und Sie glauben wirklich, dass Ihre Wurstfabrik ohne Sie nicht überleben würde? Pff – die Aktionäre wählen einen neuen Vorstandsvorsitzenden und das wär's.

EDOUARD: Und Sie? Halten *Sie* sich für unersetzlicher als mich?

IGOR: Na, erstens kann ich diese Raumfähre fliegen.

NATACHA: Ich auch…

EDOUARD: Na, da sehen Sie's, einer von Ihnen beiden reicht als Chauffeur und *Room Service*. Der andere kann verschwinden. *(Zu Natacha)* Wie wär's mit Ihnen?

IGOR: Halten Sie sich für wichtiger als eine zukünftige Nobelpreisträgerin?

EDOUARD: Wieso denn nicht?

IGOR: Sie haben Recht. Wenn es einen Nobelpreis für Würste gäbe, dann würde er bestimmt Ihnen verliehen.

EDOUARD: Meine Würste ernähren fast ein Drittel der Menschheit. *(Zu Natacha)* Woran forschen Sie gleich wieder?

NATACHA: An der Schöpfung.

EDOUARD: Und wozu soll das gut sein?

NATACHA: Zu nichts.

EDOUARD: Und haben Sie eine Antwort auf Ihre Fragen?

NATACHA: Nein.

IGOR: In diesem Fall weiß ich nicht – egal wie nobelpreisverdächtig Sie sind – was Ihnen das Recht gibt, sich für unersetzlicher als uns zu halten.

NATACHA: Das habe ich nie behauptet.

Erneutes Schweigen.

EDOUARD *(zu Kimberley)*: Und Sie?

KIMBERLEY: Was, ich?

EDOUARD: Geben Sie uns einen Grund, warum das Schicksal der Erde besiegelt wäre, wenn Sie nicht lebendig zurückkämen…

KIMBERLEY *(mit Pathos)* Auf mich warten zwei Katzen und ein Kanarienvogel… ganz zu schweigen von meiner Mutter…

NATACHA: Jetzt reicht's! So kommen wir auch nicht weiter! Es ist doch monströs, den Wert *eines* Menschenlebens über ein anderes zu stellen! Ich mag vielleicht nichts Großartiges entdeckt haben, aber eines weiß ich: kein Leben ist weniger wertvoll als ein anderes.

EDOUARD: Großartig. Dann stimmen wir eben ab.

KIMBERLEY: Worüber?

EDOUARD: Eben haben Sie mir die Demokratie vorgehalten. Und dass es ein Zeichen von Größe sein kann, sich für andere zu opfern. Also, lassen Sie uns abstimmen, wen wir dafür als den Würdigsten ansehen.

NATACHA: Auf gar keinen Fall!

EDOUARD: Sie brauchen ja nicht mit abzustimmen. Wir leben in einer Demokratie. Aber es hält uns nichts davon ab, für Sie zu stimmen, sonst ist es zu einfach…

Edouard greift nach einem Notizblock und einem Stift.

EDOUARD: Jeder schreibt einen Namen auf ein Blatt, faltet es und Natacha übernimmt dann die Auszählung. Igor?

IGOR: Und Sie schwören, dass Sie das Ergebnis anerkennen?

EDOUARD: Das schwöre ich.

Edouard schreibt einen Namen auf ein Blatt, reißt es heraus, faltet es und legt es auf den Tisch. Dann reicht er Block und Stift weiter an Igor.

EDOUARD: Sie sind dran.

IGOR: Sind Sie wirklich so von sich überzeugt?

EDOUARD: Und Sie?

Igor macht dasselbe wie Edouard und gibt dann Block und Stift an Kimberley weiter.

EDOUARD: Auf jeden Fall verspreche ich Ihnen eines, Kimberley: wenn wir beide heil hier rauskommen, kriegen Sie Ihren Twingo. Ich kümmere mich höchstpersönlich darum…

Igor wirft ihm einen vernichtenden Blick zu. Kimberley zögert, dann schreibt sie einen Namen auf ein Blatt, reißt das Blatt heraus, faltet es und legt es auf den Tisch.

EDOUARD: Natacha… Sie haben die ehrenvolle Aufgabe, das Ergebnis der Abstimmung zu verkünden.

Widerwillig greift Natacha nach einem Blatt und liest vor.

NATACHA: Igor… *(greift spürbar angespannt nach einem anderen Papier)* Edouard … *(Sie nimmt das dritte Blatt)* Kimberley… *(erleichtert)* Aus der Abstimmung geht kein Märtyrer hervor.

IGOR *(zu Edouard)*: Ich habe gegen Sie gestimmt… Und Sie gegen mich… Wer hat dann gegen Kimberley gestimmt?

KIMBERLEY: Ich selbst…

NATACHA: Sie opfern sich freiwillig?

KIMBERLEY: Ich hab mich geirrt… Ich hab gedacht, dass jeder für denjenigen stimmt, der gerettet werden soll…

Mitfühlende Blicke der anderen.

EDOUARD: Tja, so kommen wir nie zu einer Entscheidung!

IGOR: Und gehen alle drauf. *(Er schaut auf seine Uhr)* In ungefähr zwei Stunden.

EDOUARD: Na, wie wär's denn, wenn wir, statt zu diskutieren, so schnell wie möglich den Heimflug antreten?

IGOR: Wir kommen erst in ungefähr einer halben Stunde wieder in eine Position, aus der wir in die Erdatmosphäre eintreten können.

NATACHA: Andernfalls treiben wir ab in eine entfernte Umlaufbahn und müssen ewig um die Erde kreisen.

EDOUARD: Und die haben mir diese Reise ohne Heimkehr als Vergnügungsreise verkauft…

IGOR: Wir haben noch eine knappe halbe Stunde Zeit, um herauszufinden, wer von uns vier das Zeug zum Helden hat.

NATACHA: Die Dichter antiker griechischer Tragödien würden uns um diese Konstellation beneiden. Wenn keiner von uns in den Freitod geht, sterben wir alle. Jeder von uns hat also die Wahl, als Einziger zu sterben und die drei anderen zu retten oder ehrlos mit den drei Anderen zu sterben…

KIMBERLEY: Oder im Stillen zu hoffen, dass ein anderer sich für ihn opfert…

NATACHA: Egal, ob wir einen oder eine Auserwählte finden, das bringt uns hier nicht lebend raus. Wer sich opfert, um die anderen zu retten, muss es *freiwillig* tun.

EDOUARD: Perfekt… Freiwillige vor…

Stille.

NATACHA: Ich mach's.

Die drei anderen sind versteinert. Edouard reagiert als Erster.

EDOUARD: Ausgezeichnet. *Das* wäre geregelt. Wir sind Ihnen natürlich dankbar. Auch wenn es nur darum ging, wie Sie selber gesagt haben, dass entweder *einer* oder wir alle vier sterben...

IGOR *(zu Natacha)*: Wieso wollen Sie das tun? Wollen Sie die erste Menschheitserlöser*in* werden? Sie glauben ja noch nicht mal an Gott …

EDOUARD: Hat *Sie* jemand gefragt? Wenn sie sich dazu bereit erklärt... Ich übernehme auf jeden Fall die Kosten für die Beerdigung. Haben Sie diesbezüglich besondere Wünsche?

IGOR: Schnauze. Natacha, Sie werden doch nicht für einen Wurstfabrikanten Ihr Leben hergeben... für dieses Würstchen.

KIMBERLEY: Welches Würstchen?

NATACHA: Wer sagt Ihnen, dass ich nicht für Sie mein Leben hergebe?

IGOR: Ich bin's nicht wert, das können Sie mir glauben.

NATACHA: Ich tu's aus Stolz. Wenn wir schon draufgehen, dann mit wehender Fahne. Da bin ich ganz Freigeist wie Cyrano...

IGOR: Das werde ich nicht zulassen.

NATACHA: Und wie wollen Sie mich davon abhalten?

IGOR: Den Schlüssel zum Ersten-Hilfe-Schrank habe *ich*. Und wenn sich hier einer opfern muss, dann ich.

EDOUARD: Geht's vielleicht, ohne dass Sie sich deswegen in die Haare kriegen?

NATACHA: Sie wären wirklich bereit, sich für mich zu opfern? Wieso denn?

IGOR: Weil Sie es wert sind.

EDOUARD: Eins steht fest: Sie dürfen nicht beide sterben, einer muss ja das Raumschiff zurück zur Erde bringen. *(Mit Seitenblick auf Kimberley)* Ich habe nämlich nur einen Lkw-Führerschein. Und diese reizende junge Frau wäre wohl nicht mal im Stande, ihren Twingo in der Garage zu parken.

KIMBERLEY: Da bin ich anderer Meinung.

EDOUARD: Na gut, ich nehme das mit dem Twingo zurück.

KIMBERLEY: Nein, ich bin der Meinung, dass sich weder Natacha noch Igor für uns opfern sollen.

EDOUARD: Fangen Sie jetzt nicht auch damit an. Wir waren fast durch.

KIMBERLEY: Wie sollen wir denn damit weiterleben?

EDOUARD: Ach bestens, glauben Sie mir. *(Schaut auf seine Uhr)* Wir haben nur noch eine Viertelstunde, um uns zu entscheiden.

IGOR: Na gut, was schlagen Sie vor?

KIMBERLEY: Den Zufall entscheiden lassen… Das scheint mir die einzige gerechte Lösung zu sein.

EDOUARD: Gerecht, aber riskant…

NATACHA: Ich frage mich, ob Kimberley nicht letzten Endes recht hat. Sofern alle einverstanden sind…

EDOUARD: Hab ich die Wahl?

IGOR: Nicht wirklich…

KIMBERLEY: Wenn wir's nicht per Strohhalm entscheiden, wie dann?

IGOR: Ich würde zwar gern Russisches Roulette vorschlagen, was in einer Sojus-Kapsel auch stilecht wäre. Aber Schusswaffen sind an Bord leider verboten. Außerdem: wenn die Kugel auf der anderen Schädelseite wieder austritt und in eine Kabinenwand einschlägt, käme es höchstwahrscheinlich zu einem Druckabfall. Das würde uns gerade noch fehlen…

KIMBERLEY: Wir haben noch die Axt.

NATACHA: Ach so… Und wie spielt man Russisches Roulette mit einer Axt?

Schweigen. Allgemeines Nachdenken.

EDOUARD: Wir könnten's durch Pokern entscheiden. Ich habe Karten dabei… Jedes Streichholz steht für einen Liter Luft. Und der Verlierer muss aufhören zu atmen…

KIMBERLEY: Ich weiß nicht, wie man Poker spielt.

NATACHA: Ich auch nicht.

EDOUARD: Dann bringe ich's Ihnen bei. Sie werden sehen, ist ein Kinderspiel.

IGOR: Versuchen Sie bloß nicht, uns was vorzumachen. Poker ist ja gar kein Glücksspiel.

EDOUARD: Haben Sie eine bessere Idee…?

IGOR: Vielleicht…

Igor geht Richtung Tür. Edouard verstellt ihm den Weg.

EDOUARD: Wo wollen Sie hin?

IGOR: Ich hole uns was zum Trinken: Sie haben doch selber gesagt, dass ich für den Zimmerservice zuständig bin, oder?

EDOUARD: Ich bin dafür, dass wir zusammen bleiben. Sie wollen uns ja vielleicht nur reinlegen.

IGOR: Sie haben mein Wort. Das muss Ihnen genügen. Außer, Sie wollen mich vom Rausgehen abhalten, mit Gewalt…

Sie starren sich herausfordernd an, bis sich Edouard letzten Endes abwendet.

EDOUARD: Schon gut. Wir sind ja hier schließlich unter zivilisierten Menschen…

Igor geht ab. Erneutes Schweigen. Natacha sieht durch das Panoramafenster zu den Sternen.

NATACHA: Es mag für eine Astrophysikerin komisch klingen – aber ich habe mir bisher nie die Zeit genommen, die Sterne auf diese Weise zu betrachten, gewissermaßen interesselos…

EDOUARD *(gleichgültig)*: Aha.

NATACHA: Ich frage mich, ob das nicht die eigentliche Antwort ist…

KIMBERLEY: Was für eine Antwort?

EDOUARD: Auf welche Frage?

NATACHA: Nach dem Ursprung der Erde! Vielleicht ist die Antwort ja keine wissenschaftliche, sondern eine rein ästhetische, nach dem Motto: Wenn Gott ein Künstler wäre…?

Edouard zuckt mit den Achseln. Kimberley schaut auch zu den Sternen.

KIMBERLEY: Es ist wahr, es ist wirklich schön.

NATACHA *(zu Edouard)*: S i e sind doch auch auf diese Reise gegangen, um die Sterne aus der Nähe zu sehen, oder?

EDOUARD: Hm…ja.

NATACHA: Ich glaube, wir haben doch alle gewusst, dass wir auf dieser Reise so etwas wie den halben Weg zum Himmel zurücklegen.

KIMBERLEY: Es wird Ihnen vielleicht komisch vorkommen, aber inzwischen bedauere ich das mit dem Twingo gar nicht mehr. Mir könnte jetzt gleich die Luft wegbleiben, aber *das* hätte ich wenigstens vorher noch gesehen… So lebendig habe ich mich noch nie in meinem Leben gefühlt…

NATACHA: Wir werden uns alle eines Tages in Luft auflösen, das sollte uns doch jeden Morgen beim Aufwachen bewusst sein. Das macht das Leben leichter. Und nicht einmal die Sterne bleiben davon verschont. Genau wie auch die Sonne eines Tages nicht mehr aufgehen wird.

KIMBERLEY: Dann sind wir nichts anderes als *Stars* unter vielen anderen?

NATACHA: Vier Sternchen, ja. Und eines zu viel…

EDOUARD: Vier Sterne in diesem Wrack? Kein Wunder, dass hier einer zu viel ist…

NATACHA *(sieht wieder zu den Sternen)*: Ein Stern zu viel, aber welcher? Hmm… vielleicht ist *das* ja das Geheimnis des Universums. Und seiner unablässigen Bewegung. Ein unermessliches Puzzle, das man nicht zusammenbekommt…, weil am Ende immer ein Teil übrig bleibt.

EDOUARD: Geht's noch? Bei diesem Vollidioten sind wohl schon die Lichter im Hirn ausgegangen?!

Igor ist mit einem Tablett hereingekommen, auf dem vier Schalen mit Champagner stehen.

IGOR: Wie wär's, wenn wir auf das Neue Jahr anstoßen?

EDOUARD: Halten Sie das für den geeigneten Augenblick?

IGOR: In einer von den Schalen ist das Zyankali.

Totenstille.

EDOUARD: Und *Sie* wissen, in welcher! Sie haben's ja eingeschenkt!

IGOR: Deswegen nehme ich auch die *letzte* Schale. Sie sind der Ehrengast, Sie dürfen sich als Erster bedienen…

Er hält Edouard das Tablett hin. Edouard zögert.

EDOUARD: Sie wissen wirklich, welche es ist?

IGOR: Nein. Sonst wär's ja witzlos.

Edouard ringt sich durch und greift nach einem Glas. Igor hält das Tablett Kimberley hin, die auch zögert.

KIMBERLEY: Ich vertrag keinen Champagner, ich muss da immer aufstoßen.

IGOR: Geht jetzt nicht anders …

Kimberley entschließt sich und nimmt ein Glas. Igor reicht das Tablett Natacha, die ohne zu zögern ein Glas nimmt. Danach bleibt für Igor das letzte Glas. Die vier rücken zusammen und heben ihre Gläser.

IGOR: Auf das Wohl der Überlebenden

Alle vier leeren ihr Glas in einem Zug.

KIMBERLEY: Schön kühl… Haben wir keine Erdnüsse?

Licht aus.

DRITTER AKT

Die Vier sitzen um einen Tisch. Gedämpfte Stimmung.

KIMBERLEY: Ich hab gedacht, dass es viel lauter ist, in den Raketen. Hören Sie diese Stille? Wenn man das nicht gewohnt ist… tut es fast weh in den Ohren…

EDOUARD: Der Beweis, dass wir noch am Leben sind.

KIMBERLEY: Es ist noch leiser als bei meiner Oma. Die wohnt in Limoges…

NATACHA: Im luftleeren Raum kann sich Schall nicht ausbreiten – *deswegen* hört man nichts.

KIMBERLEY: In Limoges?

NATACHA: Im All!

IGOR: Dabei ist der Kosmos alles andere als leise. Die meisten Sterne, die Sie am Himmel leuchten sehen, sind schon seit Jahrtausenden verglüht, in einem nuklearen Feuerwerk. Wenn Gott existiert, dann ist er eher so ein *Dr. Strangelove* à la Stanley Kubrick, kein Georges Moustaki.

KIMBERLEY: Also müssen Sterne auch sterben…

IGOR: Ja. Und sie sterben, ohne einen Laut von sich zu geben.

Schweigen.

EDOUARD: Können wir nicht mal ein bisschen Musik anmachen… Hier kriegt man ja einen Koller.

NATACHA: „Die ewige Stille dieser unendlichen Weltenräume flößt mir schreckliche Angst ein.“

EDOUARD: Ja, so hab ich's gemeint.

NATACHA: Das ist von Blaise Pascal, dem Philosophen.

EDOUARD: Pascal?

IGOR: Ein Philosoph, der das ungefähr so wie Sie ausgedrückt hat…

Kimberley isst von ihrem Teller.

KIMBERLEY: Schmeckt eigentlich gar nicht so übel, der dehydrierte Gänsebraten…

EDOUARD: Apropos dehydriert… Das bringt mich auf eine Idee: wie wär's, wenn ich meine Produktion auf dehydrierte Würste verlege? Viel praktischer zu transportieren, vor allem ins Ausland. *(Deutet mit den Fingern die Wurstlänge an)* So eine geschrumpfte Wurst, nicht länger als mein kleiner Finger. Kurz vor dem Essen ins Wasser getaucht und hopp! – verwandelt sie sich in eine stattliche Knackwurst.

KIMBERLEY: Frisch schmecken aber *Rosskastanien* besser.

IGOR: Wie sehen frische Rosskastanien eigentlich aus?

KIMBERLEY: Wie kandierte Rosskastanien?

EDOUARD: Eher wie gebratene Esskastanien, oder?

NATACHA: Ich spüre noch kein Symptom. Und Sie?

KIMBERLEY: Ich auch nicht…

IGOR: Es dauert, bis das Gift wirkt.

EDOUARD: Wie lange?

IGOR: Eine knappe Viertelstunde, schätze ich.

KIMBERLEY: Ist Zyankali schmerzhaft?

IGOR: Ich weiß nicht. Ich hab noch nie welches eingenommen. Ich meine: bis heute…

NATACHA: Wieso sollte es Sie treffen? Sie haben gesagt, dass Sie nicht wissen, in welchem Glas das Gift ist.

IGOR: Sagen wir mal … nach meinem Bauchgefühl.

NATACHA: So viel ich weiß, verursacht Zyankali zuerst Krämpfe, dann verliert man das Bewusstsein und zuletzt fällt man in ein tiefes Koma…

EDOUARD: Na, das ist ja allerhand… vor diesen ganzen Nebenwirkungen hatten Sie uns gar nicht gewarnt …

NATACHA: Da es sich um eine hochgiftige Substanz handelt, besteht die vorrangige Nebenwirkung im Tod, der im Allgemeinen durch Herzstillstand eintritt.

Alle schlucken.

IGOR: Es war das Lieblingsgift der Nazi-Aristokratie. Auf die Weise hat Göring Selbstmord begangen, um sich seiner Hinrichtung nach den Nürnberger Prozessen zu entziehen.

EDOUARD: Selbstmord begehen, um einer Hinrichtung zu entgehen… Bringt ja auch nichts…

NATACHA: Wie auch immer, einer von uns wird in den nächsten Minuten sterben. Wie wär's, wenn jeder sagt, was er in seinem nächsten Leben anders machen würde, wenn er eines hätte. Wir können nicht so weitermachen wie bisher, oder?

IGOR: Sehr gut… Fangen Sie gleich damit an…

NATACHA: Hmm… ich glaube, ich würde noch einmal in dieses super-teure Geschäft gehen, wo ich ein paar zum Sterben schöne Schuhe gesehen habe…

EDOUARD: Ist das alles?

NATACHA: Damals habe ich den Preis so was von unverschämt gefunden. Aber nach unserem Abenteuer begreife ich, wie wichtig es ist, sich etwas so ausgefallen Oberflächliches, Frivoles zu gönnen… Und Sie, Edouard?

EDOUARD: Zuerst mal würde ich nie wieder gestampften Stallboden unter meinen Füßen aufgeben… Schließlich sind die Sterne auch von unten schön. Wenn man ihnen zu nahe kommen will, dann verbrennt man sich die Flügel, wie dieser Typ da… *(die anderen blicken verständnislos)* Na, dieser Ikarus!

NATACHA: Ach so. … Und was noch?

EDOUARD: Ich werde eine Stiftung gründen…

IGOR: *Sie*?

EDOUARD: Warum denn nicht? Wie Bill Gates!

NATACHA: Und was wäre der Zweck dieser Stiftung?

EDOUARD: Was weiß denn ich… Mit dem Hunger in der Welt Schluss machen, zum Beispiel…

IGOR: Das ist… das ist gut.

EDOUARD: Ich war nicht immer so reich, wissen Sie. Ich bin nicht mit einem goldenen Löffel im Mund zur Welt gekommen, wie man so schön sagt.

KIMBERLEY: Heißt es nicht: mit einem *silbernen* Löffel?

EDOUARD: Wie auch immer…. Bei mir war's sowieso eher ein silberner Löffel. Mein Vater gehörte zum jüngeren Zweig unserer Familie. Deswegen habe ich beim Tod meines Großvaters nur ungefähr ein Fünftel von seinem Vermögen geerbt. War auch schon eine schöne Stange Geld, aber… Zu dem Fleisch-Imperium bin ich erst gekommen, als mein *Onkel* gestorben ist…

IGOR: Da haben Sie ja weiß Gott eine unglückliche Kindheit gehabt…

EDOUARD: Weiß Gott. Wenn ich's zum Wurstkönig gebracht habe, dann genau genommen, weil's mir darum ging, allen Menschen etwas zum Essen zu verschaffen… Auf *meine* Weise bin ich nämlich auch ein Idealist…

IGOR: Wie hat man nur den Revolutionär verkennen können, der in Ihnen schlummert!… Wenn es hier mit Ihnen zu Ende geht, dann werden wir ein Denkmal für Sie errichten lassen – versprochen! Und was ist mit Ihnen, Kimberley?

KIMBERLEY: Ich nehme mein Studium fernöstlicher Sprachen wieder auf.

NATACHA: *Sie* haben studiert?

KIMBERLEY: Überrascht Sie das?

NATACHA: Ich meine nur… ein Studium fernöstlicher Sprachen?

KIMBERLEY: Ja, ich wollte Dolmetscherin werden. Aber ich hab's abgebrochen, als ich bei der Miss-Wahl mitgemacht habe…

EDOUARD: Sind Sie zur Miss Frankreich gewählt worden?

KIMBERLEY: Ich hätte's schaffen können! Aber ich habe vor dem Finale aufgeben müssen… Einer von meinen früheren Lovern hat einen Film ins Internet gestellt, den ich vor Langem gedreht habe, nichts Großartiges… Nur eine Jugendsünde…

EDOUARD *(gespannt)*: Echt?

IGOR: Dann sprechen Sie mehrere Sprachen?

KIMBERLEY: Japanisch und Mandarin fließend. Und mit Russisch komme ich auch ganz gut zurecht.

IGOR: Das hätte ich vorhin wissen müssen, als ich in diesem Erste-Hilfe-Arsenal rumgestöbert habe. Ich hab einfach das Zyankali nicht finden können. Es war alles auf Koreanisch beschriftet… glaube ich zumindest…

KIMBERLEY: Mit Koreanisch kenne ich mich auch etwas aus. Eine sehr schöne Sprache, sehr musikalisch.

EDOUARD: Vor allem das Südkoreanische, schätze ich mal.

KIMBERLEY: Ach ja? Wieso?

EDOUARD: Im Süden spricht man doch immer etwas melodischer, nicht?

KIMBERLEY: Naja…

NATACHA: Und Sie, Igor?

IGOR *(sichtbar mit Anderem beschäftigt):* Ich glaube, das ist jetzt kein guter Zeitpunkt für mich, um Zukunftspläne zu schmieden…

KIMBERLEY: Mein Gott! Spüren Sie schon die ersten Wehen? Ich meine: Krämpfe?

IGOR: Ich lasse Sie noch weiter ins Neue Jahr feiern… *(Er steht mit Mühe auf und reicht Natacha einen Brief)* Hier. Ich habe Ihnen ein paar Zeilen geschrieben, für den Fall… *(Natascha nimmt den Brief geistesabwesend entgegen)* Lesen Sie ihn, sobald ich nicht mehr da bin. Ich mag keine Abschiede...

NATACHA *(betroffen)*: Ich begleite Sie.

IGOR: Nein, nicht nötig. Ich gehe lieber allein… Ich wünsche Ihnen allen einen guten Flug…

KIMBERLEY: Ebenso…

> *Er verlässt die Szene, die anderen drei bleiben versteinert zurück.*

EDOUARD: Die Besten erwischt es immer zuerst.

> *Natacha steht auf, nimmt das leere Glas von Igor, prüft den Bodensatz und riecht daran.*

NATACHA: Da war gar kein Zyankali in seinem Glas.

EDOUARD: Woher wissen Sie das?

NATACHA: Zyankali verbreitet immer einen leichten Geruch nach bitteren Mandeln. Es ist mir manchmal im Labor untergekommen. Und ich hab eine feine Nase…

Kimberley greift ebenfalls nach dem Glas und riecht daran.

KIMBERLEY: Ich auch. Ich habe eine Anti-Allergie-Seife, die riecht genau *so*.

EDOUARD *(besorgt)*: Also ist es nur die Gans, die ihm schlecht bekommen ist und sterben wird einer von *uns* dreien?

Natacha riecht auch an den anderen drei Gläsern.

NATACHA: In keinem der vier Gläser war Zyankali.

KIMBERLEY: Aber er hat gar nicht gut ausgesehen.

EDOUARD: Was soll das heißen?

NATACHA: Das heißt, dass er das Gift zu sich genommen hat, noch bevor er die Gläser eingeschenkt hat. In voller Absicht. Sie haben ja auch gesehen, dass er genau wusste, dass er sterben wird. Warum hätte er sonst diesen Brief geschrieben…?

KIMBERLEY: Aber… warum?

NATACHA: Er hat sich für uns geopfert. Freiwillig. Aber er wollte nicht, dass wir es erfahren…

EDOUARD: Warum denn? Das ist doch sinnlos!

NATACHA: Bestimmt, um unser Gewissen zu beruhigen. Wir sollten glauben, dass das Schicksal gewollt hat, dass wir gerettet werden – und nicht sein Freitod. Außerdem geht es den wahren Helden nicht um die Ehre…

KIMBERLEY: Mein Gott…

EDOUARD: Was für ein Mann…

NATACHA: Ja…

EDOUARD: Und was steht in dem Brief?

NATACHA: Den lese ich lieber erst später, wenn Sie erlauben…

EDOUARD: Ja klar, aber… vielleicht ist es wichtig… *Er* war doch der Pilot… Ich weiß nicht… Vielleicht sind das die Anweisungen für die Landung.

Natacha gibt nach, öffnet den Umschlag und beginnt, den Brief leise zu lesen. Die anderen sehen ihr gespannt zu.

KIMBERLEY: Und?

NATACHA: Es ist eine Art Testament…

EDOUARD: Hat er uns etwas hinterlassen? Das ist wirklich großzügig von ihm…

Kimberley wirft ihm einen vorwurfsvollen Blick zu.

NATACHA: Es ist eher so etwas wie ein *moralischer* Nachlass…

EDOUARD: Moralisch… Inwiefern?

NATACHA: Er möchte, dass Ihre Stiftung *seinen* Namen trägt…

EDOUARD: Welche Stiftung? *(Die beiden anderen werfen ihm einen ungläubigen Blick zu.)* Ach ja … die Stiftung.

KIMBERLEY: Um Himmels willen…

NATACHA: Und Sie, Kimberley, Sie sollen auch Ihr Versprechen halten…

KIMBERLEY: Mein Versprechen?

NATACHA: Ja, das Versprechen, Ihr Studium wieder aufzunehmen… Er hinterlässt Ihnen sein Sparbuch, damit Sie das auch verwirklichen können…

EDOUARD: Mit wie viel drauf?

NATACHA: Fünfzehntausend Euro.

EDOUARD: Ah… Immerhin.

KIMBERLEY: Für Sie wird er doch auch ein paar Worte übrig gehabt haben…

NATACHA: Ja, da sind ein paar Empfehlungen für die Landung. Das zweite Triebwerk hat etwas Schub verloren…

EDOUARD: Und…?

NATACHA *(bewegt)*: Der Rest ist sehr persönlich…

Edouard und Kimberley tauschen einen verlegenen Blick aus, als sie sehen, dass Natacha kurz davor ist, in Tränen auszubrechen. Plötzlich beginnt das Funkgerät an der Wand, wieder rot zu blinken. Natacha nimmt mechanisch ab.

NATACHA: Ja…? *(fassungslos)* Nein? Und das sagen Sie uns erst jetzt? Ok, ich melde mich wieder…

Edouard und Kimberley sehen sie fragend an.

EDOUARD: Was ist jetzt wieder los?

NATACHA: Sie haben es hinbekommen, das Leck in der Hauptbelüftungsanlage wieder abzudichten…

EDOUARD: Und das heißt?

NATACHA: Wir haben wieder für alle genug Sauerstoff bis zur Landung.

KIMBERLEY: Großartig! *(begreift)* Oh, mein Gott! Igor…

NATACHA *(läuft überstürzt raus)* Ich sehe nach, ob es noch nicht zu spät ist…

Edouard und Kimberley bleiben allein zurück.

EDOUARD: Solche Versager… Die bekommen was von mir zu hören, da unten. Präsentiert haben sie's uns wie einen Luxuszug à la Orient Express… Zusammengestückelt, ja. Das Triebwerk vom amerikanischen Shuttle, das Cockpit von der Europäischen Raumstation, die Sauerstoffversorgung von den Russen…

KIMBERLEY: Und der Erste-Hilfe-Schrank von den Nordkoreanern.

EDOUARD: Das ist der Turm von Baby Bel, diese Rakete! Ich werde mein Geld zurückverlangen. Aber Hauptsache, *wir* sind am Leben! Wir haben's geschafft, wir sind aus dem Schneider, Kimberley! Ist Ihnen das klar? Sie sehen nicht besonders zufrieden aus…

KIMBERLEY: Armer Igor…

EDOUARD: Tja… Das kommt dabei heraus, wenn man den Helden spielt… Es war schon gut, keinen vorauseilenden Gehorsam zu leisten…

KIMBERLEY: Immerhin… Was für eine Courage… Und gut ausgesehen hat er auch, ehrlich gesagt…

EDOUARD: Und wie steht's mit mir? Knackig frisch! *(Munter)* Und *Sie,* Sie haben als junges Mädchen in einem Pornofilm mitgemacht? Das sind ja ganz neue Seiten, die ich an Ihnen entdecke, Kimberley. Und polyglott sind Sie auch noch!

KIMBERLEY: Danke!

EDOUARD: Sagen Sie mal, Kimberley, dieses ganze Abenteuer hat mich nachdenklich gemacht. Oder reifer, würde ich sogar sagen… Ich habe einen Vorschlag für Sie. Ich bräuchte jemanden, dem ich vertrauen kann, für die Leitung...

KIMBERLEY *(begeistert)*: … Ihrer Stiftung?

EDOUARD: Welche Stiftung?

KIMBERLEY: Ihre Welthungerhilfe!

EDOUARD: Ach die… Nein, ich habe eher daran gedacht… kommt auf das Gleiche heraus… Ich suche jemand für die Vertriebsleitung, der den asiatischen Markt erobert…

KIMBERLEY: Den asiatischen Markt?

EDOUARD: Ich bin sicher, dass Sie in diesem Teil der Welt eine großartige Botschafterin für Wurst wären.

KIMBERLEY: Glauben Sie wirklich…?

EDOUARD: Sie sprechen fast so viele Sprachen wie der Papst, aber mit Ihrem Aussehen… Das spielt heutzutage eine große Rolle, das Aussehen! Wie soll der Vatikan mit so einem zerknitterten Vertreter, der wie eine dehydrierte Wurst aussieht, nach China expandieren?

KIMBERLEY: Eine dehydrierte Wurst?

EDOUARD: Eine Milliarde Chinesen, die heute nichts als Nems und Frühlingsrollen zum Beißen haben! Stellen Sie sich nur vor: wenn Sie die alle zur Wurst bekehren könnten? Das wär ein Gemetzel!

KIMBERLEY: Mhm…

EDOUARD: Und was die Werbung angeht, unter uns, mir ist da eine geniale Idee gekommen, als ich mit Ihnen vorhin den Himmel bewundert habe...

KIMBERLEY: Ach ja…?

Edouard mach eine theatralische Geste in Richtung Mond, die seine tolle Idee unterstreichen soll.

EDOUARD: Ich projiziere mit einem Laser von einem Satelliten aus ein Bild von meiner Wurst auf die Mondoberfläche, mit meinem Namen drauf in Großbuchstaben! Können Sie sich die Wirkung vorstellen? Das wäre von überall auf der Erde sichtbar! Und das im Zeitalter der Globalisierung!

Kimberley ist ganz betäubt, aber kommt nicht mehr zu einer Antwort. Natacha ist herein-gekommen, vollkommen aufgelöst.

NATACHA: Er liegt bewusstlos in seiner Koje… Nicht wach zu bekommen… Ich werde ihm folgen…

EDOUARD: Wie: ihm folgen?

Kimberley nimmt Natacha ein Tablettenröhrchen aus den Händen.

KIMBERLEY: Oh, mein Gott… Sie hat auch eine von den Zyankali-Kapseln geschluckt…

EDOUARD: Bloß das nicht! Dann gehen wir alle drauf! *(Kimberley sieht erstaunt zu ihm)* Wer soll denn jetzt die Raumfähre zur Erde zurückbringen?

NATACHA: Ach, das hab ich ganz vergessen… Lebt wohl und werdet glücklich miteinander. Ich folge dem geliebten Mann nach. Für alle Ewigkeit… Aber erst mache ich noch einen Umweg über die Toilette…

Natacha geht ab.

EDOUARD *(außer sich)*: Die haben uns aber auch nichts erspart…

KIMBERLEY: Ist das nicht erschütternd?

EDOUARD: Was?

KIMBERLEY: Erst Igor, dann Natacha… Er beschließt zu sterben, um *sie* zu retten und *sie* folgt ihm in den Tod nach. Das ist wahnsinnig romantisch!

EDOUARD: Das ist vor allem echt bescheuert.

KIMBERLEY: Das ist echt Shakespeare! Was für ein Liebesbeweis! Würden *Sie* für mich in den Tod gehen?

EDOUARD: Ich hab jetzt sowieso keine andere Wahl mehr. Wir werden alle umkommen.

In diesem Augenblick erscheint Igor wieder. Er taumelt. Auch er hält ein Tablettenröhrchen in den Händen.

KIMBERLEY *(verwundert)*: Das ist jetzt aber echt wie bei Romeo und Julia…

IGOR: Ich versteh nicht, ich hab zwei Zyankali-Kapseln geschluckt und fühl mich nur leicht schläfrig…

Kimberley untersucht neugierig das Röhrchen, das Igor in der Hand hatte.

KIMBERLEY: Das ist kein Nordkoreanisch, das ist Südvietnamesisch. *(Sie schaut noch einmal nach)* Und das ist kein Zyankali – das ist ein Schlafmittel, mit Haltbarkeitsdatum bis 1973.

EDOUARD: Kein Wunder, dass es nicht mehr wirkt. Aber dann sind wir gerettet. Er kann die Raumfähre zurück zur Erde steuern. Wenn wir's schaffen, ihn noch eine knappe Stunde wachzuhalten…

IGOR: Wo ist Natacha?

KIMBERLEY *(verlegen)*: Jaa… es ist so, dass…

EDOUARD: Fühlen Sie sich wieder flugtüchtig? Sonst – zeigen Sie mir schnell, wie alles funktioniert, bevor Sie wieder einschlafen. Es kann ja nicht so kompliziert sein, eine Rakete zu steuern… Wie gesagt, ich hab bei der Armee den LKW-Führerschein gemacht.

IGOR: Was ist passiert?

KIMBERLEY: Wir sind gerettet, Herr Kommandant. Die haben's geschafft das Hauptbelüftungssystem zu reparieren. Wir können wieder nach Hause…

IGOR: Und Natacha? Was ist mit ihr, sagen Sie schon!

KIMBERLEY: Es ist so, dass…

EDOUARD: Na, kommen Sie schon, es laufen doch auch noch andere schöne Frauen rum...

KIMBERLEY: Sie hat Sie für tot gehalten…

Igor sieht das Röhrchen, das Natacha auf dem Tisch gelassen hat und nimmt es auf.

IGOR: Sie hat doch nicht…

KIMBERLEY: Leider doch, Igor… Aber Sie können sicher sein: sie hat Sie auch geliebt…

IGOR: Oh, mein Gott… Dann wäre ich auch lieber tot…

EDOUARD: Ach neee! Nicht schon wieder! Es nervt langsam!

Kimberley nimmt Igor das Röhrchen aus der Hand und liest, was drauf steht.

KIMBERLEY: Edouard hat Recht. Das würde ich an Ihrer Stelle sein lassen… *(Igor und Edouard sehen sie fragend an)* Das ist auch kein Nordkoreanisch, das ist Tibetisch… *(Sie schaut noch einmal nach)* Und das ist auch kein Zyankali, sondern ein starkes Abführmittel auf pflanzlicher Basis…

EDOUARD: Mit abgelaufener Haltbarkeit?

KIMBERLEY: Leider nein…

EDOUARD: Und das bei diesen Toiletten mit Schwerelosigkeit…

KIMBERLEY: Das wird ein echter Tsunami…

Natacha kommt hereingelaufen.

NATACHA: Weiß vielleicht einer, wo in dieser Raumfähre noch Reserve-Klopapier ist… *(Sie sieht Igor)* Igor? Sie leben ja noch?!

IGOR: Ja, Natacha! Wie durch ein Wunder! Wir sind gerettet! Es war nur ein Schlafmittel! Und Sie, Sie werden mit Montezumas Rache davonkommen!

NATACHA: Das ist echt …wunderbar!

IGOR: Ich liebe Sie, Natacha. Vom ersten Augenblick an, als ich Sie gesehen habe. Wollen Sie meine Frau werden?

NATACHA: Ja, Igor… *(Sie umarmt ihn unter den gerührten Blicken der anderen Beiden)* Aber entschuldigen Sie mich einen Moment, ich komme gleich wieder…

Sie läuft raus und hält sich dabei den Bauch. Igor fällt derweil wieder in tiefen Schlaf.

EDOUARD: Das sind die zwei Richtigen, um diese Müllkutsche heimzubringen…

Kimberley ist den Tränen nahe und flüchtet sich in die Arme von Edouard.

KIMBERLEY: Mein Gott! Diese ganzen Emotionen… Ich glaube, mein armes Herz wird gleich aufhören zu schlagen…

EDOUARD *(etwas durcheinander)*: Sie haben Recht… Mir wird auch allmählich bewusst, wie kurz das Leben ist… Und nach allem, was wir gerade gemeinsam durchgemacht haben… Wollen Sie mich heiraten, Kimberley?

KIMBERLEY: Wären *Sie* wirklich bereit, mich zu heiraten, Edouard? Trotz meiner Jugendsünden?

EDOUARD: Das Schlimmste liegt hinter uns. Das Beste kommt erst. Ich verspreche Ihnen den Mond, Kimberley!

KIMBERLEY: Den Mond?

EDOUARD: Wenn ich Sie heirate, tragen Sie meinen Namen! Sie wissen doch: der Laser! Der Name des Wurstkönigs, in Großbuchstaben auf den Mond projiziert. Wollen Sie meine Königin werden, Kimberley?

KIMBERLEY: Bekomme ich dann auch meinen Twingo?

EDOUARD: Das wird Ihr Hochzeitsgeschenk! Mit allem Zubehör! Einschließlich Zigarettenanzünder und eingebautem Wurstgrill!

KIMBERLEY: Oh, Edouard… also, ja… Ich nehme Ihren Antrag an…

Sie wollen sich gerade umarmen, als das Funkgerät wieder rot blinkt. Sie tauschen einen besorgten Blick aus. Schließlich nimmt Edouard ab.

EDOUARD: Ja…? *(Er hört einen Moment mit ernster Miene zu, dann dreht er sich zu Kimberley, mit breitem Lächeln)* Sie haben es sogar geschafft, das verstopfte Klo in Ordnung zu bringen!

KIMBERLEY: Na dann: Ende gut, alles gut…

ENDE

Zum Autor

Jean-Pierre Martinez, geboren 1955 in Auvers-sur-Oise bei Paris, hat seine ersten Bühnenerfahrungen als Schlagzeuger verschiedener Rockgruppen gemacht. Nach Studium und eigener Lehre von Text- und Bildsemiotik an sozial- und theaterwissenschaftlichen Hochschulen (*Ecole Pratique des Hautes Etudes en Sciences Sociales*, EHESS; *Conservatoire européen d'écriture audiovisuelle*, CEEA) wurde er in der Werbebranche tätig, verfasste nebenher schon bald Drehbücher für das Fernsehen und kehrte schließlich als Theater-Autor und Dramaturg an die Bühne zurück.

Martinez zählt zu den produktivsten und meistgespielten der heutigen Theater- und TV-Drehbuchautoren Frankreichs und des französisch-sprachigen Auslands. Bis dato hat er an die 100 TV-Drehbücher und mehr als 95 Komödien verfasst, von denen einige zu Klassikern geworden sind *(Vendredi 13* oder *Strip Poker)*. In englischer und spanischer Übersetzung werden seine Theaterstücke regelmäßig auf Bühnen in Nord- und Lateinamerika gespielt.

Zum Übersetzer

Dr. phil. Hans-Joachim Bopst, Studium von Romanistik, Germanistik und Deutsch als Fremdsprache; nach über 10 Jahren Lehre an französischen Universitäten seit 1992 in der Übersetzerausbildung an der Universität Mainz / Germersheim tätig; Lehre, Forschung, Veröffentlichungen und Übersetzungen zu Tourismus, Sprachwissenschaft, Didaktik; zahlreiche Gastdozenturen, Vorträge und Workshops an in- und ausländischen Universitäten; seit 2016 Übersetzung der Komödien von Jean-Pierre Martinez.

Grundlage für die deutsche Übersetzung der Stücke von Jean Pierre Martinez waren Übersetzungsübungen, die unter meiner Leitung am Fachbereich Translations-, Sprach und Kulturwissenschaft (FTSK) der Universität Mainz / Germersheim zwischen 2018 und 2020 stattfanden.

Mein Dank für Kreativität, Korrekturen und Tipps an alle beitragenden Studierenden und Kolleg*innen !

Hans-Joachim Bopst

April 2020

La Comédiathèque
comediatheque.net

www.ingramcontent.com/pod-product-compliance
Lightning Source LLC
La Vergne TN
LVHW092034190726
843493LV00002B/683